KB198909

참새와
초록단풍

참새와
초록단풍

펴낸날 2024년 12월 17일

지은이 초록단풍
펴낸이 주계수 | **편집책임** 이슬기 | **꾸민이** 전은정

펴낸곳 밥북 | **출판등록** 제 2014-000085 호
주소 서울시 마포구 양화로 156 LG팰리스 917호
전화 02-6925-0370 | **팩스** 02-6925-0380
홈페이지 www.bobbook.co.kr | **이메일** bobbook@hanmail.net

참새와
초록단풍

~ 초록단풍 시집 ~

작가의 말

내 삶의 큰 변화로
정체된 시기에
일상의 주변을
시적 감흥이
떠오르는 대로
적어 보았다.

시집이 나올 때까지
내 시를 지켜주신 분들게
감사드린다.

차 례

제2장

제3장

제1장

참새와 나 I

2012.04.09. 11:30 운동하다가

아침. 경사지에 참새가 착륙하다 충심을 잃고 넘어질 뻔했다
참새 체면 구길 뻔!
녀석! 귀엽다
아침을 많이 먹은 듯
배가 동그란 것이 톡톡 튀어 다닌다

꽃잎도 떨어지고 새도 지저귀고
아직 봄이다.

참새와 나 II

2012.04.10. 11:30 운동하다가

꽃바람이 불었다
참새가 꽃잎을 물고 날아올라 앞 가지에 앉았다
꽃잎 두 장으로 유혹한다
어제 그 녀석일까
답으로 휘파람을 불어 주었더니 딴청이다
튕기기는!
녀석! 귀엽다

새가 지저귀니 벗잎이 돋아난다
아직 봄이니까.

참새와 나 Ⅲ

2012.04.11. 11:30 운동하다가

철조망 위에 참새가 올망졸망 앉았다
벗나무에 갔다가 잔디 위에 갔다가
철조망 위에 앉았다
떨어진 꽃잎을 톡톡거리다가
민들레 제비꽃 사이로 통통거린다

신이 났네! 신이 났어! 꽃구경에 신이 났어!
귀여운 녀석! 어제 그 참새인가 보다
봄이니까.

참새와 나 Ⅳ

2012.04.11. 11:30 운동하다가

지지배배~ 지지배배~
철조망 위에 앉아 있는 참새들
여기는 참새 액세서리 코너!

어깨 위에 한 마리 올리고 다니면 뿌듯할 듯하다
아! 이왕이면 어제 그 참새로 하겠어요.

참새와 나 V

2012.04.11. 책상 앞에서 시험공부 중에

어제 그제 본 그 참새가 방안으로 들어 왔다
머리 위를 빙빙 날아다닌다
시도 때도 없이 나타나 씩~ 웃음을 준다
그 참새에게 꽂혔나 보다

봄이라서 그런가?

참새와 나 VI

2012.04.12. 책상 앞에서 시험공부 중에

머릿속에 참새가 둥지를 틀었다
알까지 까면 큰일인데.

아직 봄이니까

2012.04.11. 11:30 운동하다가

바람이 불어 꽃잎을 뿌리더니
민들레를 데려왔다
잎을 잔디에 숨기고 잔디를 잎 삼아
잔디보다 크지 않게 작지 않게
노란색보다 더 노랑으로 돌아났다

구름이 해를 가리니
민들레가 햇살을 뿜어 올린다
화사한 민들레 노랑으로

제비꽃은 언제 따라왔을까?
민들레 한 삽 제비꽃 한 삽 떠오르다 참았다
아직 봄이니까.

봄이니까

2012.04.11. 12:00 운동하다가

어! 꿀에 취한 새가 꽃잎을 뿌린다
새는 꿀을 먹어 좋고
나는 꽃잎에 취해 좋다
봄이니까!

붉은 단풍나무

2012.04.13. 11:30 산책 중에

남들이 연두 잎을 틔울 때
단풍을 품고 나온 붉은 단풍나무

꽃바람으로 할미꽃으로 태어나
봄빛을 받아 꽃잎 일곱 개를 펼쳐 든다

해를 향해 날아오르는 붉은 나비가 된다
더 붉은 여름을 **향해!**

제1장   19

겨울나무

2012.04.13. 01:30 산책 중에

새싹이 돋아난 겨울나무
화창한 봄날 연두 잎에게 얘기할 것이다
비에 대해 해에 대해
새와 꽃과 초록에 대해
그리고 바람에 대해

초록이 한창인 바람 부는 어느 날
나무는 말할 것이다
단풍에 대해
그리고 다음 해 태어날 새싹에 대해.

철쭉의 봄

2012.04.15. 운동중에

야! 봄이다!

화들짝 화들짝

외투를 벗어 던져!

영치기 영차! 화~

고깔을 벗어 던져!

영치기 영차! 화~

화들짝 화들짝

우리는 꽃이다 화~아~

나무 그늘에서

나무의 아름다움은 꽃보다 잎이다
가지가 기지개를 켜 잎을 펴더니
가볍게 하늘거린다

싱그러운 초록색 잎
가지가 보일 듯 말 듯
시스루(.See Through) 패션으로 치장하고
산뜻하게 풍경을 그려 낸다
넓은 그늘을 만들었다

이제 5월이다
그 그늘에 있고 싶다.

겨울이 보인다

2012.10.05. 운동 중에

10월의 5일
하늘은 파랗고 오후는 노오란데
겨울이 보인다

새벽의 싸늘함과 재채기
팔에 부딪히는 바람과 떨어지는 낙엽

겨울이 오고 있다 **에~취!**

그 참새가 왔다

2015.05.07. 자전거수리점 앞에서

자전거 수리 중 그 참새가 왔다
녀석! 아직 기억하고 있었군
여전히 딴청이다 **통 통 통**
못 본 척 자전거용품점으로 들어간다
왜?

나는 장갑을 보고 있었다
그 참새가 따라 왔다

나는 벤치에서 자전거용품점의 장갑을 보고 있었다
보도에 내려앉아 자전거용품점으로 **톡. 톡. 톡.** 들어간다
멀리도 따라 왔네
기억하고 있었군 그때 공원에서의 일
앙증맞다 귀여운 녀석.

삶

2019.08.15. 시험준비 중에
(윤동주 광복절특집 콘서트 중에)

삶이라서 고통스럽고 음악이라서 아름답다

삶이라서 지루하고 글이라서 낭만적이다

삶이라서 힘겹고 일이 있어 행복하다.

제2장

누가 반항하는 자인가

2019.08.15. 산책 중에

반항하는 자는 자기만의 세상을 만든다

순종하는 자는 그들의 세상을 만든다

반항하는 자가 그들의 세상으로 간다

반항하는 자의 세상이 그들의 세상이 되면

누가 반항하는 자인가

바람이 분다

2019.08.17. 산책 중에

바람이 불어 왔다
바람이 나를 스친다
바람이 지나갔다

다시 바람이 불어온다.

아이가 자란다

2019.08.17. 산책 중에

밤은 아이를 미치게 한다
낮의 태양을 품고 달빛을 받으며
가로등 아래서 아이가 날뛴다
아이는 그렇게 자란다.

불 꺼진 가로등 아래에서

2019.08.17. 산책 중에

가로등이 줄 서 있다
눈부신 등 하나가 꺼져 있다
그 아래 섰다
시원한 바람이 불어온다.

물렀거라

물렀거라 나님 나가신다

물렀거라 내 그림자 나가신다.

별들의 고향

2019.08.17. 산책 중에 야경을 보면서

여기는 지구! 우주 나와라 삐리리~
별들이 내려앉았다
바다 건너 섬에, 호수 주위에, 길 위에도
별들이 땅 위에 내려앉았다

저기 하늘에 이제 막 도착한 별이 신호한다
잠시 후 착륙하겠다 **삐리리~**
여기는 별들의 고향.

배 지나간다

2019.08.21. 산책 중에

저기 배 지나간다

바다가 깨어났다

육지로 나에게로 다가온다

파도로 계단을 만들어 유혹한다

어서 들어오라고

파도가 사라지기 전에

배가 지나가면 전설의 세계로 가는 계단이 나타난다.

바닷가 클럽

2019.08.23. 산책 중에 야경을 보며

조명! -- 가로등!

뮤직! -- 파도!

and D~J~이~ ! -- 바람!

클럽고객들은 이름 모를 풀들

바람의 장단에 맞춰 바닷가에 늘어선 풀들이 춤을 춘다

흔들흔들~~   흔들흔들~~

휘황찬란한 반짝이는 조명-- 야경을 배경으로 한

멋진 클럽이다

흔들흔들~~   흔들흔들~~

※ 흔들흔들~~ 흔들흔들~~ (♩-♪♬ ~~ ♩-♪♬)

언어의 아부성

2019.08.24. tv를 보며

디너(diner) − good diner − verry good diner − vip
diner (요리사)

아줌마 − 언니 − 이모님 (식당)

아저씨 − 선생님 − 사장님 (만남/고객)

사장님 − 회장님 (회사)

과장 − 차장 − 실장 − 팀장 − 상무 − 이사 (회사)

의사 − 의사선생님 − 교수님 (병원)

간호원 − 간호사 (병원)

어머! 선생님 강아지가 배가 많이 고프신가 봐요.

어머! 교수님 가방께서 저기 계시네요.

어머! 회장님 차가 오시고 계시네요

우린 소중하니까요! ???

세월

2019.08.26. tv를 보며
(간송미술관/유한양행)

지금은 쭈글쭈글한 사진 한 장

그는 한때 멋진 청년이었다.

희로애락에 대하여

2019.08.27. 불꽃놀이를 보며

감정 1 - 기쁨

불꽃놀이처럼 터져서 연기로 사라진다

감정 2 - 분노

불꽃으로 피어나서 산불처럼 번진다.

상념

2020.10.20. 밖을 보며

죽음에 대한 생각

죽음이 두려운 것은 젊다는 것이다
늙은이는 죽음이 친근하게 느껴질까?

몸이 고장 나고
고통스런 삶에 대한 미련이 사라질 무렵
죽음이 친근하게 다가올까?
살고 싶을까?

명태의 탄식

2020.10.21. 시험준비 중에
(줄어드는 명태를 걱정하며)

내! 그대의 밥반찬이 되어도 좋소
그러나 명태탕에 알까지 넣지는 마시오

이 한 몸 불살라도 좋소
내 자식을 지킬 수만 있다면

알탕을 먹지 마시오
난젓도!
명태탕을 드시오.

물 한 잔을 마시며

2020.10.21. 국화차를 생각하며

국화야 너는 어디에 말라 비틀어져 있느뇨

찻잔이 휑하구나.

더위인가 봐

2020.10.26. 시험준비 중에

물이 내게 오지 않으니
내가 물 찾아가는 수밖에
아! 여름 더위! 더워!

돌아올 수 없는 너

2020.10.28. 시험준비 중에
(대중음악 가사를 떠올리며 섞어서)

내 손을 잡아줘 어디든 함께 할테니[*]~~
라고 말하고 떠났지

너 없는 곳에선 나 한순간도 살 수 없으니[**]~~
라고 말하고 떠났지

그래서 돌아올 수 없는 너!

---

[*] 대중음악 가사
[**] 대중음악 가사

 44 참새와 초록단풍

제3장

아름다워서 슬픈 날이다

2022.08.28. 가을이 오는 청명한 날 오후에 창밖을 보며

청명하게 푸른 하늘과 초록한 들판이
아름다워서 슬픈 날이다

화사한 햇빛이 비치는 맑은 공기가
아름다워서 슬픈 날이다

흰 구름이 자유롭게 흘러가는 파란 하늘이
아름다워서 슬픈 날이다

화사한 햇살을 내리쬐는 공활한 하늘이
아름다워서 슬픈 날이다

이 아름다운 날을 거침없이 돌아다니는 상쾌한 바람이
아름다워서 슬픈 날이다.

바람이고 싶어라

2022.08.28. 가을이 오는 청명한 날 오후에 창밖을 보며

청명한 하늘

화사한 햇살이 비치는 초록 들판을

거리낌 없이 돌아다니는

상쾌한 바람이고 싶어라!

뜨거운 여름이었다

2022.08.30. 비가 차분하게 오는 오후 4시에

쨍쨍 내리쬐는 열기와 맞서려는 열기가
뜨거운 여름이었다

지상의 것들을 모두 증발시키려는 분노가 느껴졌다
그리고 모든 열기를 씻어 내릴 듯 폭우가 쏟아졌다

지금은 차분해졌다
가을이 오기 때문일까.

도시의 경계에서

2022.08.30. 비 그친 밤에

쨍쨍 인공과 자연의 경계에서
뜨거움과 시원함의 경계에서
빛과 어둠의 경계에서
경계를 그으며 차들이 지나간다.

남겨진 것들

2022.09.01. 세안 후 거울을 보며

내 나이 40대 말에

입가에 팔자주름

눈가에 난초주름

이마에 젓가락주름

탱탱한 피부는 가고

그때 기억을 담은

초롱초롱한 눈망울과

앵두 같은 입술만 남았구나.

초승달

2022.09.01. 발코니에서 달과 별을 보며

부메랑이 되어 내 가슴에 박히는구나
별 조각들을 뿌리며 초승달이 되었구나
보름이 지나면 별 조각들을 모아
보름달이 되어 있겠지.

별

2022.09. 발코니에서 달과 별을 보며

달빛이 떨어져 별 조각이 되었구나
밤이 짙어질수록 달빛 부스러기가
달빛의 여운으로 남아 반짝거린다.

전봇대의 비애

2022.09. 운전 중에 스쳐 지나는 전봇대를 보며

처음엔 전선 몇 가닥과 변압기뿐이었다
아담한 집 몇 채와 마을회관으로 시작했지

아파트 한 단지 두 단지… 들어서고
내가 감당해야 할 삶의 무게가 늘어났지

두꺼운 고압선이 내 몸을 휘감아 지나가고
얼마 지나지 않아 까치 한 마리 나가떨어졌다
둥지 틀고 얼마 지나지 않아 벌어진 일이었지

그 후 날아와 재잘대던 참새도 발길을 뚝 끊었다
멀리 서 있는 송전탑을 안타까워했었는데
지금은 내 사정이 더 안타깝구나

옆에 서서 온몸에 무선기지국을

갑옷처럼 휘감고 있는

무선기지국 전봇대를 보며 스스로를 위로한다.

길이 끝날 때쯤

2022.10.05. 4~5시 산책 중에

길이 끝날 때쯤 뒤돌아보게 되지
무심코 지나쳤던 주변을
늘려 있던 나무와 풀꽃이 어우러진 아름다움을

곧게 뻗은 길에서 구부러진 길로… 변화의 묘미를
발견하게 돼
나비와 새들이 머무는 오솔길의 매력에 이끌려
깨닫지 못한 아쉬움에 조금 되돌아가기도 해

다시 오리라 다짐하고
가던 길을 가야지.

고대의 미

2022.10. tv다큐 로마원형극장 편을 보며

돌계단에 피어난 풀 한 포기와 꽃 한 송이가

고대의 아름다움을 전한다

켜켜이 쌓인 기억을

여기에도 화려한 삶이 있었노라고

자유로운 선율

2022. 12. 20. 산책 중에

바람이 그리는 오선지에

휘파람으로 멜로디를 채워 본다 **휘리릭~~ 휘익~**

산책길에 놓인 데크 오선지에

발자국으로 멜로디를 새겨 본다 **또각! 또! 각!**

모자이크된 돌조각 오솔길에

건반을 하나씩 눌러본다 **뚜~벅! 뚜! 벅~**

잔디가 깔린 마사토 악기 길을

발바닥으로 미끄러져 본다 **스르륵~ 쓰ㅡ윽!**

물잔으로

2023.01.25. 찻잔에 물을 마시며

찻잔인데 차가 없네
술잔인데 술이 없네
물잔에 물만 담겼네

물잔으로 찻잔 삼고 술을 담아
뜨겁게 마셔 보리.

계절이 바뀐다는 건

2024.05.19. 문인화를 그리는 걸 보며

봄이 와서 철쭉이 되었다
장미가 피어 여름이 되었다
단풍이 들어 가을이 되었다
서리가 내려 겨울이 되었다

바람이 불어와 봄을 다시 가져왔다
비가 내려 봄이 피어났다.

장미와 능소화

2024.07.08. 산책 중에

세련된 철제 울타리를 휘감은
장미 덩굴의 장미는
서양 드레스 장식 같아
보는 눈을 아름답게 하네

덤직한 대문을 휘감은
덩굴의 능소화는
화려한 수를 놓은 동양의 한복 같아
보는 눈을 매혹시키네

어느 것이 더 아름답다고 비교할 수 없어.

불빛 도시에 사는 사람들

2024.07.08. 발코니에서 야경을 보며

(아파트+고속도로+송전탑 밤풍경)

먹구름 잔뜩 낀 하늘 위에
줄 선 불빛의 끄트머리에
번쩍일 때만 모습을 나타내는
우뚝 솟은 도시가 있어

불빛을 타고 사람들이 내려온다
어디로 가는 걸까?

시 사고 가네

2024.11.05. 서점에서

시 팔러 왔다가 시 사고 가네

책 표지 구경하다가

시에 **퐁—당** 빠져버렸네

시 팔고 갈까

시 사고 갈까

시 팔러 갔다가 시 사고 가네.